僑吴集

三

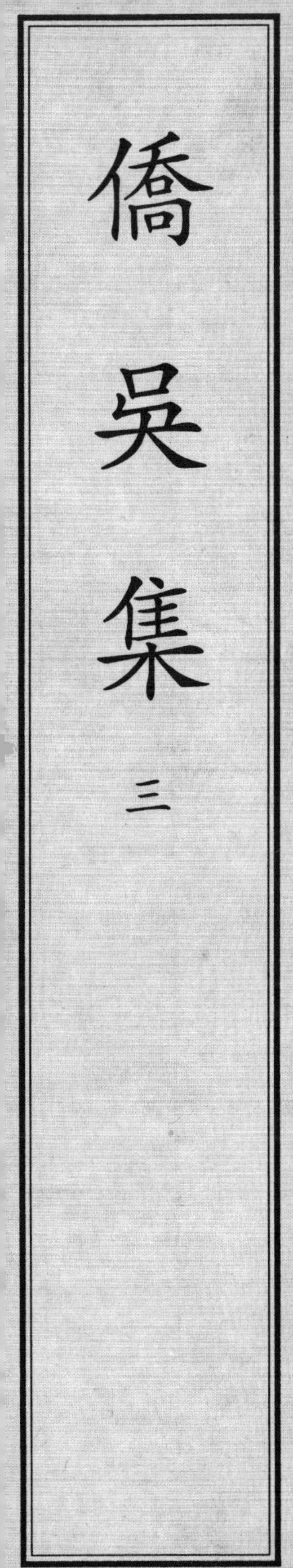

僑吳集卷之五

遂昌鄭元祐明德著

七言律

范魏公祠

白雲鄉裏魏公祠翼〻烝嘗薦奠時功蓋百年書史載道求千古聖賢知山侵虎穴盤風磴石挍鯨牙挿羽旗更上高亭望城邑義田秋實正離〻

龍門

龍門岝崿倚天開點額神魚幾度來雲起區中成五色星從闕角見三台更無鐵限嗤山鬼可有金鏞上石苔李范黨同勳業異御車千古意悠哉

天池

立石如雲不待鞭兀臨池水看青天下潛靈物疑無底傍溉山蹊似有年刺水翠莖霜後在舞風珠樹月中懸太湖萬頃應凡濁閱此泓渟一勺泉

寄鄭長卿

吾宗自昔有升沉況復姬嬴遠至今世訝孫枝叢枯蘖人推祖德返遺金鏑頭未必雲縈佩谷口何嫌雪滿簪自恨衰年多病苦藥囊時乞細探尋

壽李廉使

立秋三日是生申榰鑲功高海若馴金節已懸岩下電繡衣仍應日邊春久從隸古森波磔復向心源揖聖神野老頗留吳下住一新漕政荅鴻鈞

寄干彥成高士

文鋒久淬鸊鵜膏鞍甲藏身百戰鏖王簿宅前春載酒李紳祠

文章天下事[illegible]業甲於吳中[illegible]古文章[illegible]下[illegible]

壽千[illegible]處士

往一新潛文[illegible]贈[illegible]

施日[illegible]春天[illegible]縣古[illegible]以[illegible]中[illegible]

安秋三日吳中[illegible]金[illegible]已[illegible]下[illegible]

喜[illegible]雨[illegible]

苦葉黃時[illegible]

施[illegible]遺金[illegible]頭[illegible]木[illegible]合[illegible]有[illegible]白[illegible]東[illegible]

吾宗自昔有[illegible]今世[illegible]人[illegible]

辛[illegible]夜渡

滴[illegible]比湖一[illegible]泉[illegible]

淡[illegible]有年[illegible]木[illegible]西[illegible]在[illegible]月[illegible]大[illegible]

之石[illegible]不[illegible]乃[illegible]大[illegible]天下[illegible]山

大[illegible]

吳[illegible]車千古青[illegible]

角見三[illegible]東[illegible]山[illegible]有金[illegible]上[illegible]

龍門[illegible]天開[illegible]中[illegible]

龍門

邑[illegible]田[illegible]實[illegible]

古[illegible]山[illegible]大[illegible]石[illegible]上[illegible]

白雲洞東[illegible]公祠[illegible]百年[illegible]

謁[illegible]公祠

七言律

滄浪集卷之五

[illegible]

下醉揮毫鄉関未覺東林遠光燄終如北斗高儒光感君難報
稱黄金随力鑄韋臯

送郝遵道北歸

汴河千里鴈南飛呉下孤騘又北歸竹素殘編無世味蒯緱孤
劍有星輝嵩尭使節弓旌近迤運神州草木稀想見瓊軒茶對
日黄金臺上雪霏、

次韻劉憲副春日湖上有感 四首

庾信哀多賦湧成江南文物久晨星市衢火後蒿横目民舍春
来草滿庭浪齧湖堤官柳盡沙填江浦夜潮腥帰来何異遼東
鶴只有西山慰眼青

湖水西邊舊是家春風遶屋種梅花傳聞故老談前日愛教仙
人服紉霞鶴老離巢松化石鸞孤照水竹穿沙只令重到經竹

處憔悴蕭郎兩鬢華

潮落空城誰重過猶餘里耳聽鳴珂襄陽耆舊知誰在江左風
流不厭多自見石麟眠枳棘長聞蜀魄叫松蘿野梅開盡西湖
雪萬斛春愁柰尓何

湖水荒荒寒食天相逢猶話國初年紅樓夜唱花間席翠管春
吹月下船玄圃自應留富麗湘雲誰為惜清妍可憐頭白帰来
日井邑凄凉藹白煙

次韻錢伯行遊仙

海定初風湛緑羅仙人詞藻寄来多貫珠音在雲誰遏琢玉文
成手自磨霄漢晝橋嘗有會崑崙黄竹漫成歌可憐人世書裠
手池上猶籠道士鵝

送韋心遠道士入閩

風日晴繅楊柳青翩然獨鶴過南溟山中每憶羅公遠海上重
逢武達靈榕葉攤雲山似簇蠣房烹玉酒初醒小冠子夏如相
問為道窮愁老一經

送劉宗師入覲次虞學士韻

羽輪暫別大茅峰又御青冥萬里風月帔引朝宣德殿雲韶賜
宴集靈宮懸知漢室龍顏主似見商岩鶴髮翁便使圖形在麟
閣閒心只愛白雲中

送劉年基高士還江東兼東張一無

劍寒秋水客東歸堂上慈親白髮稀檽具定無璘玉瑑綫痕猶
是紫烟衣蜂營蜂蜜花爭發鹿養春茸蕨正肥自古山林有甘
饞何妨物色報春暉
為問江東張道士著書還了致桑蕭江湖吟落番君老雲漢昭
回象帝先芋火夜煨霜後葉萊庵朝汲澗中泉相依共住知何
日孤鶴東還意惘然

寄貞居張儒仙

露泠玄洲草木踈硯泉分得磵循除鈎題石記脩人表筆削山
經作志書丹鼎曉溫松節酒茗甌春點菊苗葅殘骸若有登真
分亦欲西游候羽車

簡張仲舉待制

宵占兩〻使星東川后迎恩啓閟宮海上天燈懸寶月帷中神
語颯泠風雲團芝蓋香烟直春入衢尊酒味同況是詞臣工致
祝鯨波永息歲恒豐

送錢思復之東嘉

校官東上斗城時水落高灘舟楫遲造化縱憑脩月斧文章須

6

是表忠碑齋庵近畫空弾鋏詩説窮源屢解頤来歳秋闈戦仍
捷桂林折取最高枝

贈柯敬仲次王山善韻

楚天鴻鴈白雲秋歸卧滄江看水流莫問湘纍王子宿且同新
息賈胡留山林不返趍朝夢道路難為築室謀莫遣虹光貫明
月眠波帖下有沙鷗

喜雪寄達監司次壽道韻

去年南國暖如蒸歳盡猶多撲縁蠅直恐蛇神司有厲可須麟
筆紀無氷元勲復相調金鉉稔歳恒占應玉繩佇聽賡歌繼豳
雅萬年枝上日東升
正自風流謌白雪何須辛苦賦青蠅咸章霧縠方依穴鼓枻神
魚欲上氷劍具寒侵瑞玉璣宮懸凍直綵絨繩枯鱗望活西江
水涸轍何因有斗升

釣月

篝竹裁竿拂帝青山河影裏夜亭〻坐乾草際沾衣露掣得波
間在霤星巨犗可應投貝闕長絲便欲繫天經清光照徹磻溪
叟方看霓裳舞廣庭

梧桐月

露下秋陰洗夜光轆轤哀響度銀床蒼龍出井獻沉璧青女抱
琴弾履霜鵲遶暗知河漢近鳳栖明見羽毛張宝釵擊罷宮娥〻
老一曲霓裳淚數行

送李秀才歸越

躡僑東歸度浙河越山〻無數綰青螺森〻南國春秋學嫋〻西
風子夜歌潮湧月輪丹桂近山環親舍白雲多明年春捷靈光

騣遠聽鳴騶駐玉珂

贈朱君復秀士

松陵驛裏雨騷騷剪拂誰甄汗血馬勞扁石呼兒朝授簡踈櫺啓
帙夜焚膏不因聖藥無熊膽每為神山有鳳毛老我江湖讀書
眼會看攀桂月輪高

送白治中之徽州

高下溪聲三百灘好山高入帝青寒雄藩擇牧金投冶別駕行
春錦覆鞍茶焙香銷芽尚採硯坑雲冷石仍刓殘民久望詩書
澤闕里遺編墨未乾

輓順義貞惠公

朔漢人豪貞惠公策勳元自不酬功自從虎旅平南服眼見龍
旂捲北風庭有芝蘭更種植老登槐棘保初終只今太史修臣

傳應有幽光發閟宮

次韻吳宗師題大滌洞郎師房

一菴閑地足神仙能駐人間大小年赤鯶夜飛丹井月紫鸞春
步杏苗田山經我欲紬金匱書漏時聞滴寶蓮便駕飇輪上天
柱不辭身倚帝青邊

寄宛丘趙祭酒

當陽聖主重師臣妙選儒宗贊大鈞神格西雝夔典樂名高北
斗愈垂紳金繩著鈕編珠貝瑤草紆花毓鳳麟老我釣輪江海
上烟波空愛白鷗馴

題海運省官卷

省憤今賢佐上台參謀須仗出群材九年鵬翼乘雲上萬斛龍
驤破浪開已見清風生白簡便朝紅日詣金臺美哉王度闡元

化政藉聲公翊戴來

謝劉廷幹漕便饋肉

瑣屑魚蝦不厭腥驚聞一臠到齋扃薺腸久斷聞韶味蒿目愁看在留星皷覆尚圖兒致養解頤空對客談經西風峭急江湖晚何處充飢有楚萍

王本齋參政輓辭

甘棠港口咽寒潮帝促明公黼衮朝已有旂常昭日月却騎箕尾上雲霄比風吹欵年華盡南國淒凉士氣銷便欲一爲天下慟英魂不用楚詞招

題鍾紹京書靈飛經

匣裹鍾郎六甲經虹光夜夜射天星使來海上持龍節駕下雲端捨鳳翎金母度辭黃帝籙王真按筆紫皇聽王真睿宗第四女為女冠監書此經勤修苦煉資輕舉濯足明河上九青

簡金伯祥高士

瞻雲西邁思悠然過雨群峯紫翠連兒子劬書能繼業羽人接袂且談玄可無海上安期棗更有山頭太華蓮便駕飈輪脫塵網刼厭不到鬱藍天

贈張月庭道士

爲愛中庭月一方坐看河漢轉蒼蒼山河影在無圓缺漏刻聲中有短長靈藥杵風金兔伏桂花霏雪綵鸞翔廣寒原是栖真地歌引霓裳入醉鄉

次倪元鎮韻寄剛中

縹緲陳王湖裏寺琮琤鄭老竹間棋每因海月參心鏡却咲茶烟裊鬢絲墨漬尚嗔龍尾滑酒酣方憶虎頭癡論文未極終宵

謂且讓韓山一片碑

和潘子素宿倪元鎮宅送張貞居還茆山

扣舷溪子發陽阿落葉霜林見鳥窠清閟閣前春意早蕭梁臺上月明多傾瞻鳴鴈嵇中散仰視飛鳶馬伏波對酒息思千古事潘郎刺促為誰歌

游仙和陳敬初

綠髮飄蕭禮上玄明星遥隔絳河邊香銷楚澤春風珮愁入湘娥夜雨絃素手不将條脫贈綺琥帷把步虛編西神峯頂栖霞觀小駐鸞笙五百年

杭州即事

瓦礫堆堆塞路坳勝遊巷陌盡蓬蒿祠宮地卧駝鳴圃秘殿春鳥馬矢臊山色無如今度慘潮頭可似昔時高王師貴在能安集豈必兵行血漬刀

徃来都是石尤風身境俱忘逆順同鏡裏轉增双鬓白花前仍是小桃紅莫驚天地軍麾滿尚喜江湖客棹通楊柳吹綿春又暮賦詩愁殺杜陵翁

元宵懷錢唐

武帝親迎太乙神流光絢煜動星辰行宮典禮猶存漢輦道山河已易秦香運至今啼木客露盤無淚泣金人紅燈幾點東風裏猶是元宵一度春

送蕭萬户西歸

将軍旗鼓鎮西州六詔猖狂一戰収餘墨朝猶磨楯鼻重環夜已附刀頭歸朝却獻王襃頌去國惟存季子裘醉裏相逢歌擊劍滄江斜日水悠悠

和成居竹寄張天民

白骨自應無瘞地，青山可復有遺民。何時得返屠羊肆，古廟無慚刺虎人。製錦邑中推令子，聽經池上躍脩鱗。綠雲洞裡遺編在，脩省加工莫厭頻。

次韻吞玉山

扁舟不亂白鷗群，又復移家入水雲。載酒可無人問字，揮毫故有客書裙。荒涼漢室銅盤淚，剝落周宣石鼓文。猶藉碩循能慰藉，江湖泠落見番君。

贈岑醫士

經絡多歧脈貫身，顛厓性命屬誰伸。如生獨得岐黃秘，起死能兼郭華神。龍獻古方長繫肘，虎巡熟杏不傷人。懸知此道無疵吝，花發鶯啼到處春。

寄呉江知州干壽道

熙熙愛日仰高亭，亭外天寒渚栢青。曉駕朱輴理公事，夜燒銀燭校餘經。炊煙白際魚龍國，野稻黃鋪鴈鶩汀。三載政成儁術驗，玉堂親擢暫須停。

送唐學録歸新安

泠落齋宮薺繞墻，歸橈不待渚芹香。新炊旋出灘邊碓，斲筍仍懸礀下梁。雲氣欲晴山繞屋，書聲向曉月窺牀。斯文三世研磨力，破硯于今政寶藏。

送任學録歸松江

海邊委卻釣鼇竿，鼓篋來呉佐學官。糾録盡推經術邃，藏脩不厭客氊寒。篷窗夜聽蒹葭雨，齋饌朝飧苜蓿盤。三載賦歸春欲暮，柳花如雪晴江干。

送毛彥昭歸三衢

載雪曾過太末溪天寒沙石淨無泥碓舂白粲連灘聲。橋墜紅
金壓樹低水驛燈明鷺見鴈。蓬窓酒醒忽聞雞。黿峰記在君歸
讀異日春風聽馬蹄

送沈仲説遊杭

錢唐湖上水西頭歷歷山入舊釣遊相府猶餘秋水觀酒旗多
掛夕陽樓春喧車馬松間寺夜載笙歌月下舟見説于今揔消
歇休文到日重淒愁

石抹萬户輓詞

提師海上戮奔鯨玉帳宵寒隕大星銕馬嘶風秋雨暗天狼啟
斧夜潮腥常時仗鉞今傳劍。前度平蠻未勒銘。想見城陰練卒
處三軍泪洒燒痕青

潘子素翠雨亭

竹梧亭子翠珊珊入在空濛烟雨間春暮但聞鶯百轉秋陰每
見鶴孤還且看對頂遥峰碧莫踏苔花滴露斑如此林居不歸
去高情誰與共蕭閒

楊鉄厓新居書畫船亭

草玄心苦思如何艤岸舟輕不動波聽雨夜篷燒燭短截雲湘
竹噴愁多賦成猶夢横江鶴書罷應龍汎渚鵝想見後堂凉月
白彭宣腸斷雪兒歌

張伯雨精舍吟

翩翩風流江海姿青山滿眼空遐思圯橋授書帝者佐襄城問
道天為師題扇書裙莫相惱傳符繼籙容何辭頹逐西飛白雲
去滄江斜日吹參差

復見心豫章山房

豫章拔地即參天突兀山房樟樹邊僧占綠陰開户牖境因黃落見山川神機觸破栽培力佛慧看空大小年一自龍駒踏人後交柯密葉正駢駢

趙子則尚書小瀛洲

粉署煌煌閟易霞道山宮闕宰衡家碧梧每集朝陽鳳瑞露長滋夜合花風裏槐音聞奏樂秋来星彩驗乘槎十洲多是神仙宅誰識溪真尚浣紗

題曹松逕家譜

三徑雖荒松尚存東川遺老識清門秋香歲發庭前桂霞氣朝升屋角暾春雨丘園花結子夜潮溝洫浪留痕留停户牒知多少但說師嚴道並尊

雲槎

崑崙河源不易窮靈槎萬里待秋風載雲欲問成都卜持節知成博望功既犯星辰上天漢盍為霖雨佐年豐如何旅泊嚴陵里只掛詩囊與釣筒

次韻沈存齋見寄

八詠樓前藻思新白鷗波上家情親詩盟有喜諸君在情話無嫌野老真歷代寶歸金匱鑰重山光吐器車銀丁寧笠澤烟波上留取珊瑚拂釣綸

送干壽道知州婺源

百灘春水不容舠灘上春紅襲小桃龍尾磨雲濡判筆魚鬚抽雪映宮袍神杉樹密鴉啼晚仙舍山深月出高使節梅花香裡過紛霞初日即岩嶅

送楊季民采詩還江西

悲凉南國采詩歸大雅寥々入譜稀白馬尚誰歌有客繡裳猶自賦無衣離鸞顧影秋彈瑟舞鳳銜梭夜織機輯錄已成垂世教珊瑚枝上看朝暉

送李秀才鄉舉

秋風又復度宮槐文采何々似爾佳月擁素娥迎學子桂搖金蕋散天街劍光出匣驚昨々筆陣翻雲寫壯懷從此圖南展鵬翼橫飛溟涬渺津涯

輓慎獨陳叔方

詩書世緒傳家久金石交情舉世稀道在人弘不遠復子依父葬表全歸恐將完璧埋黃壤賴有賢々琨立翠微自恨居貧乏一祭猶憑絮酒哭斜暉

贈張景亮仕回

投老何曾畏簡書青山元不負吾廬魚[illegible]久疊牀頭笏馬軏新懸屋角車翠被春寒聽雨睡白頭日午趂風梳好官付與諸郎做千古封留意有餘

春遊石湖

越来溪上水瀜々閒驀鵄夷棹底風暖霧黃消治平寺燒痕青入館娃宮笙歌作樂年々步魚鳥關情處々同弔古從来易興感尚循華髮繫孤篷

遊支硎南峯

詞客幽尋勝洞庭神僧名跡在支硎馬騎仄徑猶存石鶴放顛厓尚有亭岩底泉飛輕練白峯頭龕蝕古苔青到来頓醒紅塵夢萬樹松濤沸紫冥

送方養心遊茅山寄貞居外史

天上仙真騎虎還山中宰相著書閒神明秘典抽金匱早晚恩言下玉關風磴入雲芒屩冷松花滿地朮畦慳願隨君去携薪水猶得棲遲澗壑間

至正三年癸未冬辜月廿六日貞居由荊溪過林下留旬有三日為寫雲林蕭散圖併賦長句書其上留別

人間契濶六年餘清夜迎船過隱居寒日當堦散霜雪疎篁繞壁韻笙竽燒香遂入維摩室振席閑研老氏書久識先生有仙骨莫年服食轉清虛

六月六日初度有感

三十六陂空似昔荷花荷葉待誰看星[illegible]八合躔龍尾性命何嫌似鼠肝盤石處安心不轉蓼莪纔言[illegible]難乾晚来惟有墻頭月依舊清輝照鶡冠

嘉潘總戎征南回

萬里乘軺出帝城涉波南海斬奔鯨回輈不困壺中隱乘棹来尋谷口畊尚可班荊談智畧何嫌拾芥取功名更吹簫管楊州去莫遣春愁白髮生

送蕭萬户還蜀

摠戎西蜀幾經年後事誰令尓獨賢躍馬莫矜横槊賦聞雞不道枕戈眠韜藏宝劍塵生匣愛惜琱弓夜弛弦歸到閬州三月盡江花如錦照行韉

百丈牽江詣閬州旌旗擁接舊君侯按行貔虎千巖戍蹵踏魚龍萬里流奪錦亭園花陣雨離堆記積蘚痕秋平生謾有相如檄拏手何時作勝遊

次倪元鎮見寄

穴墻薜荔根株懸倒架蒲萄藤蔓牽非無洛下先生屋須得卯州錄事錢鴻鴈天高青不雨鶺鴒沙晚白生煙松雲隱屋結構未何日書來解榻眠

元鎮画

倪郎作畫如斲冰濁以淨之而獨清溪寒沙瘦既無滓石剥樹皴能有情珊瑚忽從鐵網出瑶草乃向齋房生譬則飲酒不求醉政自與物無虧成

贈篆刻朱生盛

子刻印如刻秋濤轉摺變化手縱操螭鬲神凝李斯篆胥縻妙悟庖丁刀漢章舊制蟠鼂鈕魏武[illegible] 卯齡太史周南縱留滯劍文仍欲洗金膏

排律

送達兼善秘書

木天高拱夜何其翠被初寒更漏遲上帝錄書藏紫禁貴神然火出青藜縣知榮府稽諏處預想虞廷獻納時厚報函盈荼齊頌湛恩心寫蓼蕭詩豈徒述作矜雄藍政以都人啓蔽虧國典每溥双賜筆寵光長發萬年枝從容寶鼎開金鏡縹緲祥烟度玉墀儒術致君還有道皇明鑒物本無私廟謨已發群生秘宕穴寧令一士遺歌詠太平還有日腐儒頭白在茅茨

送吳平章

聖君圖治思黃髮國老除書下紫宸身適圜腰釭玉重眼明補袞色絲匀乞言應咲桓榮陋濟美誰如鄭武頻阿閣近天鳴采鳳恩波澤物到枯鱗錫書每啓金華秘賜饌時分玉食珎出處

豈惟關世運旬宣何以布皇仁門人莫惜狂論事馭吏何妨醉
吐茵豈但勲名夸衆口太常旂上是三辰

送林照磨之越

朱甍翼〻小蓬莱秋水芙蓉次第開真宰不遺生物意衆謀須
藉出群材風生幕府文書静月轉城樓畫角催喝道莫驚劉寵
廟賦詩還上越王臺鑑湖水漲陂間稻禹穴雲荒石上苔土有
茶芽方入貢陵無変飾孰興哀齊民㦗惻知何已此日登臨亦
快哉日脚簫韶天姥下潮頭旗鼓孝娥来神人驩喜檣風順溪
上千帆徃復廻

盛氏野秀堂

野秀堂前湖水綠繞湖千嶂列[illegible]花隔浦飛紅雨林木含
風攤翠波酒醒忽持如意舞詩成[illegible]歌絶憐吹絮翻金

鄉更愛將雛睡白鷺隣艇卸帆繩[illegible]邀飲町畦過栽蘭
九畹秋紉佩織錦全機夜度梭去[illegible]娉婷誰共載逃虚放曠自
同科橋中儘有商巖樂奈爾春愁鬓影偏

頋氏綠陰亭

頋家亭子綠陰〻楊柳菰蒲岸〻深鷺下積陂明霽雪鸜鳴嵗
薄度鎔金凉雲覆地苔粘屐竦雨沾衣露滿襟境曠始知清晝
䆗舟行忽見白漚沉錦香承宇花如霧星采當階月在林荷鑁
課童栽藥物開窓傍水候跫音湛凝元自能談易稽鍜何妨善
鼓琴况是松醪釀初熟公餘莫厭客同斟

周左丞玉雪坡

玉雪坡前一色雲更無純白鬬氤氲春回土脉孤亭在山掩人
家半路分鐵石峥嶸撫宋相江湖吟落念番君調羮佳實花時

見歎笛清風海內聞墨積硯坳留鳳味香飄池上點鵝群商盤
夊向坑灰吟秦篆何曾野火焚已翼廟謨騎丙魏兼聞户履有
河汾腐儒獨愧身如腊已光何殊辟蠹芸

俞石澗讀易處

先生註易隱南城激石松風答澗聲式玉式金王度在一寒一
暑歲功成要參未畫須心悟洞徹羣疑貴理明蔀屋見星元是
晝家瀛掞枕可無程羲精詎忍辭捫舌樂大何妨枕曲肱雨露
每滋庭草綠雲霞不礙晚山横成林詎舍千章木求友難忘百
囀鶯歲月推遷陳跡在啓蒙長憶酒同傾

渡江

突起金鼇王作圍天於設險出神機衆流不息朝宗意元氣長
浮落日輝雲葉暗吹神女佩浪花應濕定僧衣魚龍不礙中流

舞鴻鴈能忘北首歸桃葉翠颦楊子渡麥苗青茁蒜山磯不因
慷慨投鞭衆自是艱危擊楫稀揔會華夷民阜禨分征玉帛使
舟飛射蛟人去空英傑化鶴仙來嘆是非西日柁樓仍浩浩南
冠髮鬢故依依書生閉户堪終老跋涉何勞與命違

書畫舫小集分韻得春字

雪舫夜寒虹貫日溪亭臘盡柳含春將軍結髮聞全武隱者逃
名愧子真醉裡都忘詩格峻燈前但愛酒杯頻筆藁青點沿譜
薦斫鱠冰飛出網鱗稽古尚能窺草聖送窮端欲致錢神周南
老去文章在同谷歌終手脚皴獨鶩歸來還自哭聞雞起舞意
誰嗔盡簪豈料有今夕明日桃源又問津

橘隱為秦文仲賦

橘熟曾登隱者堂傲霜林薄爛青黃花時吐蕊珠成斛叢晚攄

絛綠閟房千樹君封培植大慈闈毋老孝思長療痾欲得蘇家井受命難遷屈子鄉自以辟人甘漢落誰令蒼狙薦苓芳苞緘萬里深隨貢御宴群臣手擘嘗霜落洞庭天窅窅根盤林屋野蒼蒼齋廬並海詩吟處霧雨氤氳著紙香

寄楊彥遠隱君

予雲家在讓王村昆弟三人行最尊勝槩不煩多屋宇醉鄉元自有乾坤蒙天錫福身長健與物為春道自存瑚玉墜枝搖結子翠幢羅蓋竹生孫按歌親製縈雲曲教舞長開待月軒藝足瑶田青雨潑睡濃薇帳錦香溫不於野隱慚雌伏政以朝趨怯駿奔比跡梁鴻脫塵網追蹤巢父洗心源佛香梵筴還投老邪次毗邪不二門

輓年縣尹

誰繼清忠家老成葦菴頭白氣崢嶸平生學術尊劉向少日聲名蓋賈生製錦老為溪上邑橫金晚致幙中評高懷直欲吞餘子爽氣何堪發九京絮酒盍興霜露感書題重積死生情羊曇慟哭青山路宿草萋萋夕照明

送銛仲剛遊金陵

銛衲來從日本東說詩親曾授老龍珠樹摘花摛藻思金膏潴水淬神鋒玄機不爇空中鏑信器應傳雨裹春暫玩一輪吳渚月便依千尺定林松江光宛似玻瓈合山色依然翠黛重寒水但餘鷗泛泛荒臺無復鳳雝雝霜凋錦樹存孤柏海湧青瑤見獨峰未識咲翁空比擬城樓月上忽聞鐘

僑吳集卷之六

遂昌鄭元祐明德著

五言絶

石湖十二詠

石湖

滄波渺千頃何處覓鴟夷同姓千年後流芳著斷碑

新郭

闔廬創城郭俄徙傍湖山酒旆千家室今猶作市寰

拜郊臺

吳子築圜丘祀帝存壝址魯亦取聖譏大禘同失禮

行春橋

醉攤捧心過韶華艷綺羅至今湖嵴上彩霓卧滄波

越來溪

始由嘗膽蠡戰檻逐波通今日憑誰占漁家一笛風

觀音巖

碧潭通海眼崖設大士座宛如訪天台石梁飛度過

治平寺

雲塢藴招提開窓面湖渚時發鐘磬音驚散沙鷗侶

茶磨嶠

孤嶼突蒼翠波環欝盤盤誰嗜先春味當來製鳳團

楞伽塔

危峰聳浮屠七級雕闌曲影落湖波心魚龍駭常伏

越公井

隋將移城時鑿供萬夫飲清泠尋丈餘倒浸青天影

御書亭

勑賜宋名臣亭碑載奎畫至今孤亭中虹光照山白

紫薇村

公退紫薇省宅種紫薇花千樹臨山麓秋来鬰曉霞

懷王敏德長者

清風起喬木虞麓浣花莊光我成長望平安字數行

懷亡友岳漢陽

白壁埋黃壤清風憶錦袍何當篘酒酹斜日下林皐

寄張景昭

舊宅桃花塢流波映草堂睽離將二月聽雨在方床

梧竹蔭蕭齋苔花綠上堦可堪春欲去捉筆遣吟懷

朱澤民山水

吹簫江浦秋舟蕩碧雲幽擬遡巖松下詩盟訂白鷗

永定室衲者送茶

塵慮困春華蒙分穀雨芽醍醐滋舌本清氣溢詩家

岳生畫竹

脩篁含雨餘枝拂清風起掃破碧玲瓏高堂淨如洗

陳正孚畫

馮嶺少微星群峯列帝青太丘親貌得巖壑想曾經

高彥敬畫

千疊硯坳雲巖崖杳莫分圖餘清興在又為客書裙

過九里寺

湖邊法喜樓千頃冷涵秋吟遶維摩室風生杜若洲

李遵道新竹

逗土細行鞭苔茵暖透穿生生無限意都屬薊丘仙

陳搏像

十年營一睡醒起欲安民忽睹金烏彩還山遂老臣

雲林小景

雲起野橋西層峰翠隔溪欲尋清閟閣古木桠簷低

王元章梅

明月西湖上清光儗舊時東風露消息香雪滿南枝

子昂蘭

孤臣萬古愁湘渚水東流江芷汀蘺滿空令泣楚囚

子固水仙

仙姿豔玉肌輕拂五銖衣羅襪凌波去香塵蹙步飛

柯敬仲竹

羇栖江海姿飛墨鬓如絲天遠鸞留影篔簹雨後枝

子庭古木

巨材千稔資特立僵挺々東風吹不回雪压氷蟄泠

明雪窓蘭

結𫝊向双栽濡毫成九畹襲佩芳馨多懷人江浦遠

六言絕

憶杭

湖山今古妍麗寢園此際荒凉春晚花開花落故交誰在誰亡

淵明像

棄官亟返柴桑家貧日付壺觴莫道先生長醉羲𦒿年號不忘

畫二首

六椽僦居避世一瓢淡飲怡情短褐少陵已往小冠子夏復生

雪噴滿谿泉溜雲屯匝地松陰隔岸芙蓉千疊助我吟詩撫琴

七言絶

懷徐士弘

錢唐湖上篠驂遊一榻長為孺子留頭白無成兩漂泊輸君大地一沙鷗

懷張天民

金壇郭裏掃塵齋移向宜興傍古槐孫子讀書兒致養更無塵雜到苔階

張貞居神光樓看雨

東風吹雨弄新晴仙子樓居吹玉笙不是春陰在簾幙巳應顛倒落紅英

濛濛靈雨向東来曙色軒窓面面開為愛條風吹潤緑莫教人迹印蒼苔

碧雲千仞紫陽山都在東風化雨間細與陽春同霡霂岸花汀柳亦斑斑

贈製筆温生

今春予入杭貞居張尊師方建神光樓葛井西師与予知舊曰留宿樓上對酒聯句予尚左不善書而師之書知名天下予句出捷甚師捉筆便書欵屢索輙叱其弟子謂筆不佳家後出一枝上標温國寶姓名師乃喜曰是固揭學士所賞識予雖不善書見師用筆書不巳因取傍赫蹏小紙試之誠善筆也既還吳國寶之子持行卷来首列揭公所品題而尊師獨缺然夫揭公寓師樓居四月餘予得公品藻而遺尊師可謂獲連城而失照乘矣行且入杭求師言以為重因詩送之

神光樓上春聯句醉裏從横筆屢揮歸到吳中見蒙子斯文徵

藝有神機

溫生有子能傳業鄭老無書可寄君他日製成壺領記尚憑毛穎話慇懃

病中寄王叔明

跌宕王郎天馬駒胸蟠百篋外家書雨窗卧病三十日累飯何曾見子輿

陶靖節像

袖裏觿無博浪椎酒醒空賦稚桑詩悲涼一曲山陽笛滿眼山河是義熙

謝太傅像

秦兵百萬壓東南宗社安危已獨擔却實捷書棋局底諸君猶認罪清譚

病中寄光孝禪翁

我病在床身欲飛棋鋒何日睹神機想應近日繙經後只有青山到竹扉

寄金山普衲

金鼇背上欝藍天長有神龍衛法筵午夜江聲推月上浪花如雪寺門前

畫

舒歗風林雲滿谿白駒空谷草萋〻相逢不作蘇門聽應有長松鶴未栖

濯足清溪水已寒青山猶有此衣冠黃塵三尺烏靴底誰與婦夷〻把釣竿

水繞山迴深復深白雲茆屋住溪陰溪南十畝堪耕穫何必囊

中季子金

桂樹連蜷山石幽蕭然冠屨白雲秋只愁畏壘無尸祝不愧長年為爾留

桃花源上蝶飛飛誤却漁郎苦欲歸雲白山青一回首落紅如雨點春衣

仙人樓觀隔層霞隐者烟蘿便作家萬擊岩何處是停橈試問碧桃花

肥瘦二馬

獅子花驕蹴暖風渊臕如瓠氣如虹年来恣飽天閑粟朔漠當收血戰功

百戰纔餘骨與毛枯株倚着費抓搔何人終惠還芻秣拂拭風鬉氣尚豪

叢竹圖

賦詩何處極幽探多在青山海岳菴一片綠雲塵跡斷萬竿烟雨大江南

遊魚圖

潑剌春波藻荇深方池容得五湖心硯坳更有神龍在難邀商岩旱歲霖

題文山佩刀帖

逐露刀金柄屬誰空聞斷指血淋漓杜鵑啼暗江南月臣甫年年淚雨垂

子昂臨東坡竹

戲墨王孫似子瞻雞栖石上着毿毿汴京回首西風急流落江南共海南

東坡笠屐圖

得嗔如屋謗如山且看蠻烟瘴雨間白月遭蟇蝕不盡清光依舊滿人寰

伏生授經圖

老無牙齒語音訛斷簡殘編缺字多不賴閨中賢䆊息帝王典則竟消磨

蘇武牧羊圖

飛鴻歷〻度天山何處孤雲是漢關不滴望思臺下血君王猶及見生還

岳王廟

復得中原後殺身將軍未必恨奸秦甘將三百年宗社君相偷安葬虜塵

武侯像

魚水君臣百世師風雲魚鳥識旌旗三分天下何經意恨未中原復本支

讀碑圖

摩挲漢尉豕饞顚臣道為忠孝可移枉使南来五千里越江漫讀孝娥碑

月夜懷十五友

庚寅中秋夜月色如畫而貧居溪渚因念晉人云感念存沒心焉如割遂用東坡明月明年何處看詩平韻賦詩懷友云

刻〻台䠞映五雲通明殿上玉宸君今宵賞月延秋桂滿袖天香不見分

趙宛丘

月華浮海綠烟收曾照神光湖上樓惆悵塵生白玉麈詩盟從

此頁閑鷗　張貞居
屋角冰盤擁爛銀清光千里不踈親棄官歸去輕如葉應念滄
江有釣綸　李雲中
覽古樓高桂影寒飛觴不厭接清懽天香落盡黃金粟軟語何
由接夜闌　倪雲林
每念道人張一無京塵塡眼髑髏枯師資賊害無人理負子清
光白玉壺　張文德
汳水秋風吹鴈聲一時分省有更生登高吊古中秋近蓋有危
言吞聖明　劉張掖
天章閣下月孤明仍是中秋此夜情便到蓬萊宮裏住謝安應
便念蒼生　泰白野
芝雲如蓋擁冰盤携得王珣午夜看山色湖光秋千里詩成應

更刻琅玕　草堂賓主
闔閭城裏寄閒身四壁秋蛩語近人何異京華舊時月清光且
照白頭親　陳敬初兄弟
月上溪頭樹影長婆娑老子據胡床九天風露歸來後桑落園
林酒正香　黃金華
飛雲樓上月華明幾度中秋在帝京却有錢郎揮翰手倚闌橫
笛最含情　王季野錢伯行
南來看月異常年身在仙岩溪水邊名闇帝心歸想近清歌莫
惜杖頭錢　張京地

送張貢士

睢陽世緒邈如雲君獨胷蟠錦繡文莫為書裙散香墨好攄三
策表奇勳

送處州杜同知

見說吾家光禄墳長松萬箇入青雲子孫為厥杭頭住應立車塵候使君

含輝天上少微星曾照蒼〻古括城山水高深民俗儉不忘辛苦事岩畊

誰知別駕杜侯賢純吏心腸鐵石堅山坂高低時雨足郡齋篝火看畬田

贈麗水治農少府

一寸山坳一寸田高低巖溜接山泉論升起稅斤稱穀此是山城大有年

牛羊日夕下山時出穴眈〻虎正飢不有仁侯護羸畜麒麟折角鏡梟肥

寄顏元卿院判

户外梅花落峭寒窻前銀燭剪更闌賈生只為憂明主華髮蕭蕭鏡裡看

年華汨〻可相饒魚躍春氷逆上潮畎畝懷君不忘處汲生難遠武皇朝

寄王可矩宗伯

江上羊裘把釣翁一竿烟雨致時雍客星祠下山千尺不在雲臺彩畫中

昔年簪筆上瀛洲萬里青雲映黑頭相業要知霜後栢丞徒有楫濟川舟

寄沈存齋

終惠長歌瘦馬行杜陵頭白淚縱横風雲滿地無春草頃刻難

宗向未鳴

寄倪雲林

經鉏齋外月娟々嘗照梅花紙帳眠回首三年幾圓缺塵埃堆垛白雲牖

劉功父漢川亭

玉峯深隱漢川君安穩書巢卧白雲天祿校書兒輩在青山留為客書裾

虞學士小像為其姪孫堪題

光岳英靈盖世雄九天象緯貫心胸六經文字関時運韓柳孫丁又及公

紫芝眉宇鳳麟姿自是文章百世師何必凌烟畫冠劍雲仍翼翼奉烝祠

郭天錫雲山

飛墨來從海岳菴春風吹雨濕江南青山肯被雲遮盡時督尖奇一兩簪

朱澤民山水

樓觀參差山磵坳漁舟遠嘯出林梢白雲度盡千峯碧衛石幽人始定交

次泰監司提兵東廣留別吳中諸友韻

萬里南征瘴嶺過夜聞何處竹枝歌貔貅原自兜鍪出盡斬鯨鯢靖海波

白髮蕭々尚草玄故人江海慰衰年功成佇俟歸來日共在城南尺五天

寄宇文國相

精思亭上李文饒且東經綸鎮海潮相業從容龍尾道唐家復
數中興朝

寄貢泰甫摠經

姑蘇臺下雨聲寒舍館青燈語夜闌父子日為師友處遺經不
厭静中看

風〻雨〻百花洲何日春晴一醉遊滿目青山吟藉草鷗夷未
許獨扁舟

送陳玄禮之杭

錢唐湖上鴈声秋凉入明公紫綺裘庾信清貧何遜老登臨難
寫古人愁

青山遶郭俟潮過今古興懷意緒多到夜令人尚無寐彎〻月
子竹枝歌

送何舉人北上

練川文學舊從游户屨儒生學最優北上神京當六月涼風桂
子已含秋

聞說京師喜氣多萬家齊唱董逃歌鳩金何日寬民賦海宇頻
頻望泰和

送僧還開先

廬山面目翠千層飛瀑孤禪不厭登絕頂倚雲無腳力潭珠三
伏洒寒氷

贈曹相士

魏武子孫譙尚賢相人唐舉得真傳王侯螻蟻知同盡留取双
瞳鑑碧天

陸仲明居笠澤以卜養親裕如也詩以贈之

韓墅橋邊陸抗家灼龜靈應足生涯行人握粟遥相顧處處奉慈
親度歲華
事親能孝祗天知母子團欒不皺眉賣卜得錢勤孝養萊羹香
裏及時炊
顧定之竹
虎頭孫子顧參軍八法從衡寫墨君龍伯由来寶湖石鳳毛何
事刷春雲
王元章梅
孤山無復有梅花寂莫咸平處士家留得王郎醉時筆歲寒仍
舊發枯槎
虞勝伯畫雨竹
渭川烟雨綠漪漪公子飛雲出硯池萬箇青琅秋一抹高梢特

偉鳳皇枝
館娃宮圖
複殿迴廊遶翠岑鴛鴦嬌擁畫屏金謾誇歌舞留君醉千古人
猶怨捧心
揩癢馬圖
蒡瘡烏去未斜陽雨足春堤草正長摩擦樹根休技癢明朝要
備戰沙場

僑吳集卷之六